打架天后莉莉

哈雪・蔻杭布莉|文|
茱莉亞・渥特斯|圖| 賈翊君|譯|

獻給打架天后莉莉

目錄

第一章

不要亂講話

在學校裡，都是我打他們，他們全部。最強的人是我，痛宰他們、海扁他們、踐踏他們的也是我。這點他們都知道。他們迴避我。再也沒有人敢來找我，再也沒有人敢過來跟我說：「喂，莉莉，下課的時候你就死定了！」

因為我會送他們上西天，他們全部！

我是從畢尼開始扁的。他本來自以為是的很，把我當成他的愛

人，但我可不是任何人的愛人！於是我告訴他：

「收回去！把你說的話給收回去！」

「我不要！」他回答。

我就撲到他身上。當然，沒有預先警告他。

我得說清楚，我並沒有算計過要怎麼做。他翻倒在地上，

我用屁股壓著他的鼻子跟他抗議：「收回去，收回去，我不是你的愛人！」他還繼續掙扎，於是我踩了他的手，又扭了他的手指頭，然後他像隻豬似的尖叫，讓我很想笑。只是我沒笑出來，我打了他的膝蓋，還打了他的大腿，甚至打了他的肚子；我扁到他不再說話，只是哭。

每個人都說：「莉莉把畢尼弄哭了。」他是從來不哭的街頭小霸王，他爸爸可是強到連警察都怕。

畢尼的朋友遠遠的看著我，我的女同學們也不怎麼跟我說話了，因為她們不知道該跟我

說什麼。不過我才不在乎呢。如果我沒有愛上誰，就不可以說我愛上誰。不可以拿我來亂講話，也不可以說下流的話，不然我會生氣，然後就會扁人。

之後，來找我的人是破爛夫斯基。他真正的姓氏是珀托夫斯基，不過我覺得他有夠遜又有夠爛，所以自動把「破爛」加上去。

他跟我說：「你把我的

朋友弄哭了？」

「對啊！」我回答他。

「你是靠玩陰耍詐把我朋友弄哭的，因為你偷襲他。而我呢，專門修理那些耍詐的傢伙，就算是女生也一樣。」

「所以你打算修理我嗎？」

「我要挫挫你的銳氣！」他告訴我。

我覺得這是個很漂亮的說法，不過這話從破爛夫斯基嘴裡說出來，只怕不見得只是隨便說說。他比以前長大了五十倍，而且他的嘴脣上幾乎都長出毛來了。他的身高有一百六十公分，站在他旁邊我不過是個裝飾庭院用的侏儒擺飾罷了。

我沒有等待，一刻也沒有，我猛撲上去，隨便破爛夫斯基要說這是耍詐還是詭計。我說這是本能，生存本能，不事先警告就出手攻擊，而且痛擊要害，直截了當。我對準了他的肚子。

外公說肚子挨打很糟，肚子下面挨打更糟，不過我並不是瞄準他的雞雞之類的。

不管破爛夫斯基跟他的朋友怎麼說，我不是個耍詐的人。我沒有出賤招。

他痛得彎下腰。我抓住他的

頭，拿他的頭去撞走廊的牆壁，然後他開始哀叫，於是我又扁了他的胃部。他倒在地上。我撲到他身上把他壓住。

我說：「怎麼樣，嗄？是誰要挫誰的銳氣，嗄？」

大家都聚攏過來圍著我們。三年級另一班的老師畢勒先生跑來把我們兩人分開。

他抓住我的肩膀搖晃我：

「莉莉，這樣不行！」

「是他先開始的。」我說。

「不要回嘴，」他說道，「不准開口。」

他跪在破爛夫斯基身旁，稍微托起他淌著血的頭。當他又站起身時，用很奇怪的眼神看了我一眼。好像他看的人不是我似的。

他們不需要打電話把我媽找來，因為我媽就是小學裡的老師，在低年級教書。她到賈姬尼校長的辦公室來找我。

她沒有跟我說話，只是在我旁邊坐下來，然後我們三個人都默

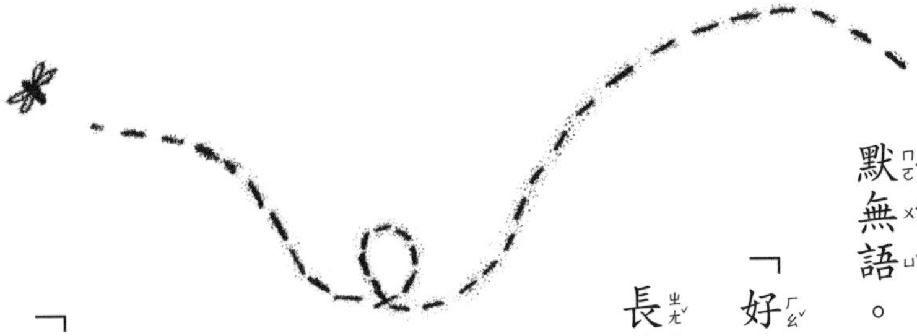

默無語。

「好吧，」最後校長終於開口說，「這種事情不能再發生了。」

「是。」媽媽說。

「真是不像話！」

「是。」媽媽說。

「還有，不需要有罪

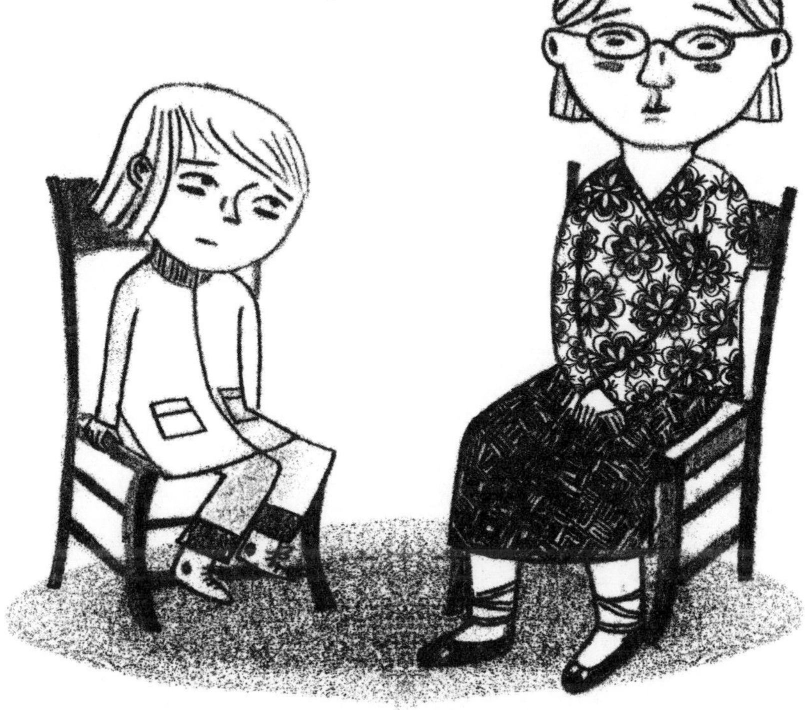

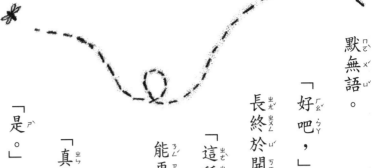

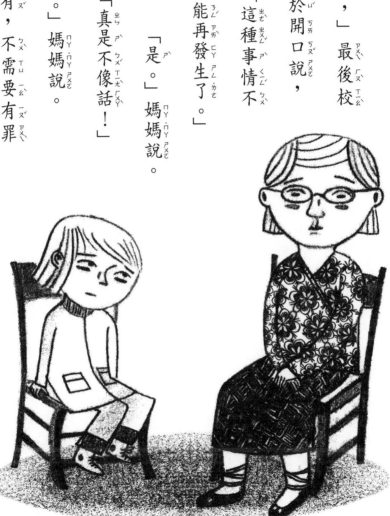

惡感，」賈姬尼校長又說，「罪惡感並不能解決問題。」

我和媽媽一起走出校園。那時候剛好是放學時間，很多學生跟她道別，她對他們微笑，然後把手伸過來牽我的手，不過我覺得自己好像握著幽靈的手。我們爬上就在操場旁邊的公寓，學校的嘈雜聲漸漸消失。

我走進我的房間，等著吃晚飯。我

開始寫功課，我媽則在做烤雞。我們面對面坐著，夜晚降臨，我們聽得見街上的車聲和鄰居看電視的聲響。

爸爸下班回來了，也在我們旁邊坐下。

「我們必須談一談。」他對媽媽說。

媽媽嘆了一口氣，然後在我額頭上輕輕吻了一下，不過那個吻就像她的手一樣。一個幽靈般的吻。

我上床睡覺。沒有躲在門後偷聽，也沒有設法搞清楚

他們要談些什麼。他們倆之間的事讓我覺得很累。

一個星期之後，我跟保羅打了一架，他是破爛夫斯基的哥哥，想要為家族的榮譽復仇，而我把他逼到鐵絲網邊上，制服了他。

之後，我痛宰了畢勒老師三年級班上的凱文。亞新說我是個女屠夫，第二天我便在廁所裡堵到他。然後，我又扁了穆朗與托瑪，還有跑去通風報信的文生。結果，我媽罰我一星期不准看電視。

我沒有愛人，也不想要有，而且我會把他們統統宰掉。

第二章

俄羅斯娃娃

我外公，是個老共，一個老老共，因為他說老共已經完蛋了，老共幾乎再也不存在了，是一個正在消失中的稀有動物。

當我問他：「老共到底是什麼東西？」他嘆著氣，不回答。看起來好像回答我會讓他感到疲憊似的。

每個星期天都是外公來照顧我，因為媽媽要去參加她的戲劇社團。她說那很重要，尤其加上最近我讓她經歷的這一切，讓她很需

要這個能夠放鬆的空間。

爸爸也有他自己的單車社團。他穿著螢光連身衣，騎著自己的車子，一騎就是好幾公里，不跟任何人說話，看起來就像一個機器人。連續踩踏板好幾個小時不說話，對他來說，

還真是完美。

對我來說也很完美。

我很喜歡待在外公家。

就算外公是一個資深的老共——我還是不懂那是什麼意思。

「解釋給我聽！」我要求。

「那是政治，」他回答，「而政治，對小女生來說是很複雜的。」

「老共，」我說，「就是母雞的老公。你是一隻老母雞變成的公雞。人家叫你老共，你覺得很丟臉，所以你就說政治太複雜，那不過是不想跟我解釋清楚的藉口罷了！」

「那你要不要跟我解釋，你為什麼要把時間花在打架上？」

「不要！」

「那我也不解釋什麼是老共！有來才有往啊，莉莉。」

我年紀不小了，也不知道自己為什麼要打架。就算我知道原因，也什麼都不會說，所以就沒得解釋嘍。

在外公家，我會看電視新聞。我們兩個就捧著自己的餐盤，坐在電視螢幕前邊吃邊看。我用手抓東西吃，把食物屑屑撒在茶几底下，在沙發上擦拭手指。反正外公什麼也沒發現，他一直忙著咕噥抱怨。

「悽慘哪！」他說，「該死的混亂世界，沒辦法不說粗話啊，到處都有悲慘的事，人們卻放手不管。」

我心想，身為老共，也許就是這副模樣，只會在電視機前發牢騷、說粗話，因為覺得事情很悽慘。

然後，讓外公變

了一個人的還有「俄羅斯」。每當我外公聽到這個名字，就會開始透不過氣。身體變得很僵硬、臉色蒼白，然後開始扯著嗓子大喊。就是因為這樣，他才吃掉了自

己的證件。還說共產主義本來是世界上最美好的東西，最後卻變成悲慘的苦難。我問他，是不是真的把證件吃掉了，他聳聳肩：

「他們真的讓我把證件吃下去，莉莉曲卡，我還消化不良呢。」他總是這麼說。

這就是我所知道的。我的外公是一個資深的老共產黨員（註一），他吃掉了一張證件，而且他不喜歡俄國人，儘管他叫我莉莉曲卡、咪咪曲卡，或是芭布曲卡。

如果這些不是俄國名字，我就願意讓自己的鼻子被破爛夫斯基打扁，破爛夫斯基應該是波蘭人。

我外公的客廳裡還有一大堆俄羅斯娃娃(註二)，當他不理我或是睡午覺的時候，我就會把娃娃一層層套起來又分開。這是我現在唯一還會玩的娃娃。

我跟外公一起在電視上看到一些畫面。畫面上說到俄國，也提到戰爭。好多人受到攻擊，被大量殘殺，流了好多血。我們在新聞裡看到一間學校，所有的小朋友都被聚集在角落，然後有幾個戴著面罩的男人從四面八方冒出來，猛烈的開槍。

真慘啊，我心想，然後外公便開始大罵。他說對婦女和小孩下手，是最最惡劣的行為。還說，我們其他人什麼也不做，就只是像綿羊一樣張望著，是一堆沒有行動能力的畜牲，是一群被可口可樂（註二）養大、好吃懶做的傢伙。

「那你又能怎樣呢，外公？」我反問他。

他張大了嘴，眼神迷濛，就這樣維持一分鐘。然後他再度坐下來，新聞播報員改播報法國小姐選美的新聞，我們便沒有再繼續說下去。

要是我想的沒有錯，這所牆壁被子彈穿孔的學校，和裡面那些嚇得半死的孩子，就是我對「車城」的第一個印象。那是我第一次看到車城這個地方。

（註一） 法國共產黨成立於一九二〇年，曾是法國第一大政黨。二次世界大戰後的冷戰時期（一九四七～一九九一），法共和俄羅斯的蘇聯共產黨是關係最密切的政黨之一。然而隨著西方國家對蘇共的抵制和衝突日漸增多，法共的合法性也遭到國內外的質疑。終於在一九九一年蘇聯解體、蘇共垮台後，法共失去國際靠山，勢力也逐漸衰弱。

（註二） 一種木製的圓柱形玩具娃娃，一般由六個長相相同、尺寸不同的娃娃套在一起組成。俄羅斯娃娃又稱許願娃娃，許願者轉開一層又一層娃娃，向最裡面最小的娃娃許願，並告訴她，要完成許願者的心願才能重見天日，然後再把娃娃一個個放回。最小的娃娃為了重見天日，就會幫助許願者實現願望。

（註三） 可口可樂是美國「可口可樂公司（The Coca-Cola Company）」生產的一款碳酸飲料，也是史上最暢銷的碳酸飲料。它的影響力遍及全球，甚至可代表美國的生活方式及美國文化。在早期可口可樂征服歐洲的過程中，常被歐洲人認為是美國文化的侵略行為，進而在歐洲產生一股反美情緒，甚至有一連串的貿易限制活動。

第三章

車臣難民來了

好啦，我知道，那不是我們說的「車城」，應該是「車臣」！是「ㄔㄣˊ」而不是「ㄔㄥˊ」，就是臣子的那個「臣」。車臣，是一個國家的名字，住在這個國家裡的人就是車臣人。

很明顯的，車臣人的日子過得一點也不開心。根據我外公的說法，又是一件跟政治有關的事件。他還是不想跟我解釋，尤其這件事還跟俄國人有關係。

等我長大以後，我要做的就是這件事——搞政治。因為政治，就是一堆關於打架和打仗的事情，我可喜歡的很。

我第二次聽到人家說起車臣，是在學校的操場上。

那家人早上七點就在操場上。我拉開房間的窗簾時看見他們。那時天色還是一片漆黑。他們站在正對著校長辦公室的路燈下，我因此能夠辨識出他們的樣子。有一位胖胖的太太，穿著吉普賽人的衣裙，頭上包著薄圍巾；一個留著山羊鬍的男人，戴著一頂帽子；還有兩個男孩和一個女孩。

五個人全部圍成一圈，彷彿他們在操場上生了火，然後圍著火取暖。我心想，他們就要挨罵了，因為他們在學校裡遊蕩。然後我便關上窗戶。

媽媽正坐在廚房裡，她的咖啡前面，兩隻眼睛腫腫的。這肯定不是因為睡眠不足造成的。我看到一

坨被子堆在客廳的沙發上，還有靠墊。媽媽還是對我微笑了一下，然後起身為我準備早餐。我沒問爸爸到哪裡去了。我吃掉我的早餐穀片，穿好衣服，沒跟任何人說話，然後就出門了。

這是一天中我最喜歡的時刻，學校戶外都沒有人。早到的孩子們被關在活動中心的準備間，那裡會有些還沒清醒的活動人員先帶他們

做做活動。

我自己獨占整個操場。我知道操場馬上就會塞滿了人，所以我要利用機會好好享受。

我向廁所走去，想看看我先前貼在天花板上那一坨吸滿水的衛生紙，是不是還黏在原來的地方。這玩意兒超讚的。拿一些衛生紙，徹底浸溼，然後用力拋出去，就可以黏在牆壁上。

一個男孩走進來。我從來沒見過他。我們就這樣面對面站著。

「喂！」我終於開口說，「這裡可是女生廁所欸！」

他露出微笑。

「女生廁所啦！你滾出去！」

他又笑了，並且用一種很奇怪的口音，跟著說了一遍：「你滾出去。」

「你是白痴啊？還是怎麼樣啊？」我問。

他又重複一遍：「白痴。」臉上掛著大大的微笑，而這個笑容把我搞得很不爽，讓我想要揍他。

「我會弄痛你喔！」我說，「我警告你，我人很和善，不過別刺激我。」

「是，」他說，「刺激！」

他身上穿的長褲與夾克看起來都好大，彷彿他穿的是別人的衣服。他的球鞋非常破爛。他把手放在口袋裡，我看到一頂毛線帽從口袋裡跑出來。他微笑的望著我。就是這點引爆我的怒火。我不假思索，朝他撲上去。我正要揮拳擊向他肚子的時候，他閃了開來，害我撞到

其中一扇關著的門。因為我是伸著頭向前衝的，所以把自己撞得頭昏腦脹。

我沒辦法站起來，只覺得一陣天旋地轉。他對著我彎下身來，我心想我就要吃苦頭了。想不到，他只是把手放在我的手上。「壞好吧？」他問。

我大力深呼吸了一下，然後推開他。

「別碰我！」我說。

他站起來。我也想要站起來，不過頭還是有點暈。他對我伸出手，我朝地上吐痰，他退開來。就在此時，他對我微微一笑。

「別碰。」他說。

他抓抓頭，環顧一下四周，又把目光放在我身上，好像他才剛剛發現我的樣子。

然後，他頭也不回的走出廁所。

我終於成功的站起來，用水沖了一下臉。我聽見其他孩子的叫喊聲，他們應該正從準備間衝出來。外頭，天色剛要亮起。

我走進教室，老師蘿虹太太站在講臺的黑板前。她身旁則站著

剛剛那個廁所裡的男孩。她等我們大家全都坐好了才說話。

「來，」她說，「我向各位介紹阿思隆。他是我們班上的新學生，而且他也才剛來到我們國家。他的法語還說得不太好，需要大家的幫忙，這點就拜託各位了喔。」

歐荷舉起手。她是老師的寵兒，總是在需要提問的最佳時間點上提出問題。

「老師，那麼他是來自哪一個國家呢？」

「車臣。那是一個現在正經歷許多困難的國家，而阿思隆也才到法國沒多久。他的父母剛讓他註冊進我們學校，我們要盡最大的可能好好接待他。我相信你們都可以做到。」

「那是當然了，老師。」歐荷說。

就在這一刻，我想到，發音的不同可以完全改變一個字。歐荷真可以說是老師的「蟲」兒……。

第四章

萬人迷阿思隆

他總是面帶微笑，而且很愛說話。他不停的說話。我一點也聽不懂他奇怪的口音，不過大家都圍著他嘻笑。班上的女生都快不行了。她們對他擠出大大的微笑，還寫小紙條給他。我很確定紙條上面應該寫著：「我喜歡你，阿思隆，你好帥，你帥呆了！」我知道是這樣沒錯。

我攔截一張飛過去的紙條，瑪格莉特在紙條上畫了好多顆愛

心。我把紙條藏在我的書夾裡，不讓阿思隆看到上面寫的東西。真可笑，我覺得想吐。

就連男生也追在阿思隆後頭，因為他足球踢得有夠好。他可以從三十公尺外的距離把球踢進球門。他速度很快，又不會只顧自己出鋒頭。我看得很清楚，他會把球傳給別人。

於是，大家搶破頭想要讓他成為自己的隊友。

老師也是每隔三十秒就讚美他一下：「好棒啊，阿思隆，你進步得真快。」

「好棒，阿思隆，你確實理解了。」

「好棒，阿思隆，你搞懂了這篇文章，你解對這道習題，

你算對了除法，你真是了不起又令人讚嘆又舉世無雙聰明過人……」

我呢，我則認為有一個可惡的車臣人跑來侵略我的國家。這裡沒他的事。他用他的微笑騙過所有的人，不過我可比他們都清醒。我才不會被第一個出現的酒窩給騙倒。

但是就連我媽也被迷倒了。

「怎麼樣，阿思隆過得還好吧？」她問我。

「嗄？」

「他融入得好不好啊？其他人待他和不和善？這孩子倒也挺不可思議的！那麼親切又那麼有禮貌。看來他的法文是愈說愈流利了，閱讀能力也很好，而且每個人都喜歡他。」

「噁！」

我說。

我媽用她那種女老師的表情看著我。每次她這麼做時，我都覺得她好像就要用「您（註四）」來尊稱我。

「真搞不懂你。」她最後終於脫口說出這句話。

我瞪著爸爸那張空蕩蕩的椅子，他總是在我上床睡覺時才會回家。他會把門打開一條縫，看看我是不是睡著了。因為我都裝睡，他便會關上門走開，然後我會摀住耳朵，不想聽見爸爸媽媽說話。因為那不關我的事，那是他們的麻煩事。

「我才不在乎阿思隆，」我說，「他又不有趣。」

「你不可以這樣說。」

「我想說什麼就可以說什麼！」

我媽站了起來，我覺得她好像快要哭了。於是，我把自己關在房間裡，再也沒出去了。

的確，阿思隆足球踢得很好，又不愛出鋒頭。但那又怎麼樣，我可不像其他人一樣。

就是這樣。我不喜歡車臣人。

（註四）在法國學校裡，老師通常以「你」稱呼學生，學生則以「您」回應。但如果老師一直刻意以「您」稱呼學生，代表他可能想要與對方保持距離。

第五章

三對一

凱文堵住廁所的門，沒人可以進來。

也沒人能出去。

他們一直在等我，我想，等了好一會兒了。亞新，還有破爛夫斯基。他們三個都在等我。

「怎麼，」他對我說，「你不再裝腔作勢了嗎？莉莉。」

「我沒有裝腔作勢。」我回答。

「你有，你就是裝腔作勢。」亞新說。

「你被人打傻了嗎？」我說。

「我就是要來做這件事。」他高聲喊著。

他的喊叫聲在廁所裡迴蕩，好像教堂裡的回音，讓我覺得我可以祈禱一番，好把畢勒老師召喚回來。

「不行，」破爛夫斯基說，「她是我的。」

我轉身面對他。

「你做夢，大笨蛋夫斯基，」我說，「你連自己一個人綁鞋帶都快要辦不到了。」

他向我走過來。我並不想要往後退，我發誓。可是我後退了，而且我發現自己的背靠著最裡面的牆。

「我要毀了你，」他說。

「你可以……」

我沒時間說完我的句子。他打了我一巴掌，讓我的頭別了過去。我覺得我的頭好像繞著脖子轉了兩圈。我開始笑起來。

「你以為你弄痛我了？」

他又打了我另一巴掌，又朝我腿上踢一腳。我準備撲上去要還他一記，可是凱文和亞新制住了我。

「你不能再耍詐了，」亞新的嘴貼著我的耳朵說。

「你滾一邊去吧，」我說，「你的嘴巴好臭！」

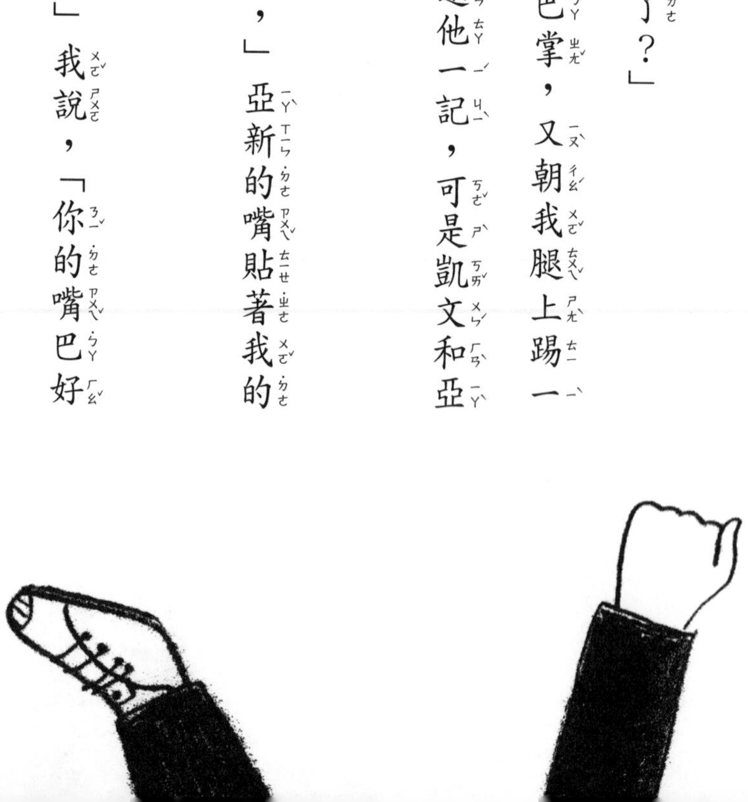

我的手臂被他捏得太緊，痛得我眼淚冒出來在眼眶裡打轉，可是我沒有哭。

「你等著瞧吧！」凱文說。

我用盡全力想要掙脫，但是他們兩個真的很用力的抓住我的肩膀，把我抵在牆上。我還是設法滑到地上。我想我在大喊，不過我發誓我沒有哭。

我緊緊閉上雙眼，試圖還擊，可是我的手臂動也動不了。就好像一切都坍塌在我身上，我甚至沒有時間呼吸。

然後，我感覺到破爛夫斯基離開我身邊，另外兩個人也是，而我周圍有人在大聲嚷嚷。於是，我睜開眼睛。

阿思隆定定的站在我前面，

其他三個人面對著他。

「停。」他說。

「不要打——架——兒。」

「打架」這個詞在他嘴裡變了形。「打——架——兒」聽起來挺可愛的。

「你讓開，」亞新說，「讓我們解決我們的事！」

「你們不要打——架——

兒，打——架——兒很笨。」

「是她先找我們麻煩的，是她惹到我們。」破爛夫斯基嚷嚷著。

阿思隆低頭看了看我。他很嚴肅也很專注。

然後他比了個手勢要男孩子們靠過來。他們全都聚集在我身邊。阿思隆用他的腳

尖碰碰我。

「這只不過兒是個女生啊。」他說。

「不過是個女生。」

他的那一句「只不過——兒」讓我的心揪了起來。

不過，沒有什麼比他們的笑聲來得更糟了。

「是啊，這只不過是個女

生啊！一個娘兒們！」

「小侏儒莉莉！」

「是啊，一個小姑娘！」

「那麼，我們放過她吧！」阿思隆說，「我們放過女生。」

他們勾肩搭背的走了出去。我躺在地上，把頭埋在雙手中，不過眼淚並沒有流出來。我的身體好像被切成好幾塊，有些地方讓我覺得很痛，拉扯著我、刺痛著我。

我聽見門又被打開，而我一點也不在乎開門的人是誰。

我感覺有人靠近我，並且有一隻手在觸摸我。是阿思隆。我閃了開來。

「別管我。」我喃喃說著。

我原本想要大吼的，可是我全部的力氣都耗盡了。

「不，」他說，「我不能不管。」

我覺得他的聲音有點怪怪的，於是我仔細看了看他。我看到他滿懷著憂傷。

「我不能不管。」他又說了一遍。

「我只不過是個女生。」我說。

「不，」他說，「不是只不過是個女生。女生不是沒什麼。」

「不是沒什麼嗎？」

「絕對不是沒什麼。」他說。

「絕對——兒不是沒什麼——兒。」

他的眼睛是黑色的，像夜晚的星星那樣閃閃發亮的黑色。

「你為什麼會過來？」我問。

他聳聳肩。鐘響了，我們聽見其他人正在收拾東西，發出像雞群一般的聲響。

「我聽見了，在操場。大家都說ㄓㄜˋ所有人打——架——兒，跟你。而我不喜歡打——架——兒。」

「ㄘㄜˋ，」我說。

「什麼ㄘㄜˋ？」

「在『ㄘㄜˋ』所裡。不是在『ㄓㄜˋ』所。」

「好，」他說，「在ㄘㄜˋ所。」

他對我露出微笑，然後我想我也對他微笑了。

就在這個時候門開了，畢勒老師走進來。

第六章

驅逐出境

「你搞不清楚狀況啊，莉莉，你搞不懂嗎？」

「可是媽媽，我已經告訴你我沒有跟他打架。」

「人家看到你們兩個在廁所裡，你自己看看你那個黑眼圈，你看看你的衣服！你把我們都當成笨蛋啊，莉莉！你這次太過分了！長大吧，看在老天的份上！」

我很少看過我媽那麼不高興。她繞著我的房間踱步，向四面八

方揮著手，大吼大叫。我呢，躺在我的床上，蜷成一團，靠在我的填充玩具小熊馬賽身上。

「我已經長大了！」

「沒有！你又小又自私！什麼都看不清楚，你的行為舉止就好像世界上只有你一個人，完全不去擔憂你所做的會造成什麼樣的後果。」

我想她也對爸爸做過一模一樣的指責，用的是完全一樣的字

眼。不過我什麼也沒說，因為我才不在乎他們之間的麻煩事，而且我不想聽他們的爭執。

「你大概還不知道這件事，阿思隆他可是有被驅逐出境的風險啊，你能想像嗎！他們沒有身分證件，他沒有，他的父母也沒有，而大家現在正在設法讓他能夠留下來完成學業。他是個靈敏又聰明的男孩子，一盞明燈啊，這孩子。加上他經歷過的那一切，他們所忍受的那一切。你以為他會需要惹這些是非嗎？你以為讓自己受到大家的矚目，就會讓人幫

助他嗎？」

「不是跟他啦！」

「什麼不是跟他？」

「不是跟他打架啦！」我低聲說。

「那麼是跟誰呢？」

我看著房間的牆壁。我在牆壁上貼了去年暑假的度假照片。爸爸媽媽和我正在船上微笑，太陽把我們晒得暖暖的，而大海的藍色讓我們覺得好輕鬆。「我不能說出來。」

「流氓的榮譽守則是嗎？莉莉！你看你變成什麼樣子。一個流氓。我覺得再也不認得我的女兒了！」

媽媽甩上門出去了，把我留在黑暗中。我不能供出其他三個人。我不是個打小報告的人。我也不是一個叛徒，就是這樣。要做到這點並不容易，因為我知道阿思隆也會被責備，即使他什麼都沒有做。

門輕輕的打開，外公走進房間。我沒有動，也沒有轉過頭去。我對他視而不見。他在我的床上坐下來。

「你媽媽打電話給我。要我來看著你。她有一個會要開。」

我聳聳肩。

「你知道為什麼她有會要開嗎，莉莉曲卡？」

我沒有回話。

「大家正在動員起來。阿思隆他們家和其他兩個家庭就要被驅逐出境了。你知道被驅逐是什麼意思吧？」

「不知道。」我說。

「有人要拎著他們的脖子，然後撲通一聲，要把他們丟到別的地方，同時告訴他們，我們不想讓你們待在我們法國，即使你們的家鄉很恐怖，即使那裡有戰爭，一片悽慘，你們還是回去吧。因為法國不想要你們的不幸。」

「所以呢？」我說，「那又怎麼樣？」

「所以啊，娃娃曲卡，人必須為了某些理由而奮戰，而不是藉著打鬥來證明自己有理。」

第七章

並肩作戰

我聽見窗戶傳來聲響。小小的聲響。發出好幾下。我走近窗戶，看見那三個男生站在街上。他們正朝玻璃窗扔碎砂礫。我猶豫了一下，可是因為他們已經看到我了，我便打開窗戶。

「幹麼？」我說。

「你下來。」破爛夫斯基說。

「我又不是瘋子！」

「我們不打架，我保證，只是聊一聊。」說這句話人的是凱文。

「聊一聊？就這樣？」我問。

「我發誓。」亞新說。

我拿了我的毛衣，便悄悄的出門。我的父母在廚房裡，我聽見他們在說話。男孩們在我家公寓的公共前廳等我，我們便在樓梯下方坐下來。

「好，」我說，「我們為什麼要碰面？」

「你沒有把我們供出去。」亞新先開口。

「你沒有把我們供出去，而且你受到處罰。」凱文接著說。

「謝了，我自己很清楚這件事。」

「被禁止上學一天，挺嚇人的。」破爛夫斯

基說。

「如果你們來這裡是為了做損害評估的話，謝了老兄，不過我不需要你們這麼做。」

凱文向我靠過來。

「阿思隆也沒說，他什麼也沒講，他也是個硬漢！」

「好吧，」我說，「他是硬漢。」

破爛夫斯基看了所有人一眼。

「我們得做些什麼，莉莉。他今天有來上學，但是狀況不太好。他沒有玩足球，他一直坐在校長辦公室旁邊的長板凳上。好像是他母親生病了，而且他們一家就要被送走……」

「驅逐出境。」我說。

「驅逐出境，」他重複了

一遍，

「我們得做些什麼，莉莉。」

公寓門口的電燈亮起，校長用肩膀推開大門走了進來，手裡滿滿都是購物袋。忙著搬購物袋的她沒有注意到我們的存在。亞新一副十分詫異的樣子。

「她住在這裡？」

「她是我們家鄰居，」我說，「住在同一層樓。話說我為什麼要相信你們呢？」

破爛夫斯基低下頭，亞新開始整理起他球鞋的鞋帶。凱文是唯一直直看著我眼睛的人。

「因為我們有義務這麼做。當我們有義務這麼做的時候，莉莉，我們就不能不做，而你沒有把我們供出去，所以我們信任你，就這樣。」

燈光熄滅了，我們都待在黑暗中。

「好，」我說，「我贊成。我們要做點什麼！我們要動起來。我們要來打一場架！」

「還要打？」亞新問。

在一片昏暗中，我看不清他們的輪廓。

「還要打，」我說，「不過不是你想像的那樣。」

計畫
+26？

第八章

他是我們的朋友

我們在學校門口的柵欄前站定位置。我們約好八點整在那裡會合，這個時間所有人都會在。全班都在，還有所有的三年級學生。

我拿出事先藏在公寓地下室裡的海報，我們把巨大的橫幅攤開來，固定在柵欄上。我之前成功摸走班上的幾瓶顏料，做出來的成果實在太棒了。

向驅逐說不！阿思隆是我們的朋友！他的家人也是。

一有人經過，我們便搖晃著我們的牌子高喊：「我們要讓阿思隆一家人留在法國！」老師們一個一個的出現，一開始，他們還覺得有點好笑。我看見我媽媽獨自站在離我有點距離的地方，雙臂在胸前交叉。

她看著我的眼神十分奇怪，彷彿她在研究一隻昆蟲。

上課鐘響了，校長做手勢要我們把東西收一收進教室。家長們還待在我們旁邊。

「不！」凱文說，「我們不要進去教室。」

「你說什麼？」校長說。

「我們要留在這裡。我們在示威，而示威活動都會持續很久。」

「你們不要開玩笑。」校長轉身望向她的教職員同事們。有些人在笑，其他人則是一臉尷尬的樣子。

「我們該怎麼辦？」她問。

這時候，我把我的海報舉高，上面寫著：「法國會幫助人！法

法國會幫助人！會接納人！
不
向驅逐行動說不
阿思隆是我們的朋友
向驅逐行動說「不」

國會接納人！」同時我大聲喊出這些句子，其他人也接著喊了一遍，好像在唱歌一樣。

我們全都聚在一起，彼此緊緊靠在一起。阿思隆就在鐘響過後來到學校，他不知道該如何自處。不過他露出了微笑，而他的微笑真的就像是一盞明燈。

我媽走向其他的老師，我看出來他們很熱烈的在進行討論。我們呢，則是繼續一起反覆喊著我們的口號。

是啊，「口號」是個新詞，是我剛剛才學會的詞彙。是外公偷偷告訴我的，在我去看他並且跟他解釋我們想要做什麼的時候。

「口號，」他告訴我，「就是一句可以說明一切的句子。是你要表達的訊息的摘要。口號必須鏗鏘有力，還要帶有一點暴力。」

「帶有暴力啊，外公？」

「暴力，是可以存在於文字

裡的，莉莉曲卡。可以比拳頭更叫人感覺到痛。不過為了要得到效果，就得要完全掌握好自己的武器。」

「好的，外公。」

他用手摸了摸我的頭髮。

「你現在夠成熟，可以搞政治了，我的女娃娃。」

就這樣，現在我們全都聚集在學校門口，連歐荷也在搖晃著標語牌，唱誦著我們寫的句子。凱文也一直待在我身邊。家長們彼此交談，沒有人

知道該怎麼辦。

一個小時之後，新聞記者和攝影師來到現場。一個在給我們拍照，另一個跑去見大人們，而我媽比手畫腳回答了他的問題。

然後記者轉向我們這群人。我們告訴他，

我們全部一條心，而且大家是一起想到這個點子的，大人們都不知情。這是「我們的」示威活動，因為阿思隆是我們的朋友。他又拍了一些照片，然後才離開。

中午，我們停止示威，跑去吃飯。在學校的食堂裡，我坐在阿思隆

旁邊，破爛夫斯基坐在他的右手邊。我們沒有交談，只是感覺很好。

等我們回到班上時，歐荷問老師有沒有生氣，這是老師的「蟲」兒會有的反射動作。

「沒有，」老師說，「我沒生氣。」

我們開始就庇護權、人類的平等與司法正義等問題進行了一場辯論。於是下午的時間飛快的過去了。

晚上，媽媽讓外公來照顧我。她趕著去參加支援車臣難民的會議。我很快就睡著了，儘管我原本以為我會在床上翻來覆去不得入眠。

到了早上，我媽把我叫醒。她坐在我身旁，搖了搖我。

「你看啊，莉莉，你看。」

她把報紙放在我面前，在頭版上，有一行粗體字：

團結互助：一間學校動員起來對抗驅逐行動。

照片上，可以看見我們舉著牌子，還有我們那副鬥士般的兇猛樣子。

媽媽彎身靠向我，擁抱親吻了我，我覺得自己好像剛打完一場戰爭。很平靜。

助人！
納人！
歡迎
阿思隆！
動說不

阿思隆是我們的朋友
三年級採取行動！
法國會幫
法國會接
向驅逐行

活動一：故事大解構

一、準備材料：A4紙、不透明箱子一個。

二、活動步驟：

❶ 每人從《打架天后莉莉》選出一個故事情節，分析人物、事件、時間、地點，以四格畫分別畫在紙上。畫完後將紙張對折投入不透明箱子。

範例：

❷ 每人依序上臺抽出四格畫，以一句話描述畫中所代表的情節內容。

❸ 由繪製圖像的同學依描述情節的完整度給分，能完整說出人、事、時、地四個內容者，得四分；依此類推。

❹ 以小組為單位，積分愈高者獲勝。

活動二：如果我是……

這本書是以莉莉為第一人稱敘述而成，讓我們了解莉莉對事件的想法。現在，請你進入其他故事角色的腦袋，練習描述同一個事件吧！

一、準備材料：名片小卡七張、七個故事事件內容。

二、活動步驟：

❶ 除了莉莉之外，選出七個曾在故事中出現過的角色，寫在名片小卡上，製作故事角色卡。

❷ 每人抽取一張故事角色卡及一個故事事件。

❸ 以抽到的故事角色，重述該事件發生的過程。

❹ 討論重述的內容與原故事中莉莉描述的內容有什麼不同？為什麼會有落差？如果你遇到相同的事情，你會怎麼做？

作者的話

操場如戰場的回憶

◎哈雪·蔻杭布莉

我在會說話之前，就已經會打架了！

小時候，我不知道該怎麼說話。我的腦袋裡有三種語言攪和在一起，所以要說話的時候，我就會像莉莉那樣。不假思索的，拳、腳就會幫我發言。這也算得上是一種錯用文法的方式吧。

莉莉就是在這種情況下誕生的。就在學校操場如戰場的回憶裡，一個情感激烈碰撞的撞球場。

繪者的話

那些約會、復仇和打鬥的日子

◎茱莉亞．渥特斯

我不像莉莉那麼愛打架，不過我也經歷過同樣的操場！一樣有一票老師的「蟲」兒、勢不兩立的死對頭、把大家嚇得半死的高大留級生、敢亂說別人愛上誰的男生（所以說，我從來沒有愛上二年甲班的柏納瓦，這點終於可以好好澄清一下了！），還有那些約會、復仇和血淋淋的打鬥……只要下課結束的鐘聲沒響，最後就會變成那樣啦……

將滿腔的憤怒，轉化為助人的動力

◎曉明女中輔導主任　錢永鎮

莉莉是個女孩卻愛打架，她滿腔憤怒、專門攻擊男生，但是卻感到孤獨。假如莉莉生長在臺灣，她既是個霸凌者，也是個被霸凌的女孩，她在校園裡會有什麼樣的遭遇？

這樣的設想，讓我開始為她擔心。試問：我們的家庭和學校能夠接納她嗎？我們的學生有辦法和她好好相處嗎？而我們的老師是否夠專業，能夠勝任輔導她、改變她的教育工作？一邊讀著這本耐人尋味的小說，我忍不住有個衝動：想把這本書帶到家庭以及班級裡討論，看看會有什麼結果。

身為一名生命教育老師，你一定會問我：「倘若莉莉是你的學生，甚至是你的小孩，你會怎麼做？」

首先，我會教導她如何管理自己的情緒。協助她釐清生氣的原因、以適當的方法表達自己的情緒。等到她能掌握自己的情緒後，再進一步鼓勵她發揮愛心，將這些情緒轉化為幫助別人的動力。

接著，需要幫助莉莉改善與家人的關係，因為與家人的關係會複製到與他人的關係裡。優先需處理的是母女關係，其次是父女關係，如果夫妻與親子這個三角關係穩固了，莉莉的人際關係自然就會變好。更何況莉莉有個陪伴、接納她，甚至成為她啟蒙老師的外公。當莉莉的支持系統建立了，我們就可以寬心的允許莉莉犯錯，不必擔心她會變壞。

其實莉莉暴躁的情緒也可以透過大自然的洗滌而得到抒發。假如有人帶莉莉去攀岩、登山、溯溪，她就會發現，大自然對憤怒、攻擊是不會有回應的。她也會驚喜的發現，走入大自然就像回家一樣，可以全然的放鬆、盡情的奔跑、開懷的大叫。那麼，莉莉的衝動可能會轉化成熱情與好奇。

而我最想跟莉莉討論的是，她從「老共外公」那裡學到什麼？她對俄羅斯、車臣、法國之間的關係了解多少？當她看到車臣男孩阿思隆堅持和平、反對暴力的態度，她領悟了什麼道理？究竟她從哪裡得到勇氣、找到智慧，幫助自己寫出這麼有力的標語、完成這麼有效的抗議行動？這些答案可能觸及生命教育的核心思考，也就是愛與正義如何實現的議題。

這是本十分值得在生命教育課堂上討論的書。我們可以邀請家長和學生一起思考：莉莉與自己的關係、莉莉與他人的關係，以及莉莉與世界的關係。在討論中，分享彼此的生命故事，對照小說中人物的生命故事，在生命的互相交流與激盪中，檢視自身生命各個幅度的發展。相信我們會在這樣的閱讀過程中，獲得生命更新的機會。

謝謝親子天下出版這麼獨特有趣的書，也謝謝編輯讓我先睹為快。我期望當更多讀者閱讀此書時，莉莉會從書中跳出來大喊一聲：「讓我們一起來上一堂生命教育課！」

熱心冷靜的顧問——給予孩子走出風雨的力量

◎兒童文學大師　林良

一個孩子在十歲以前的文學讀物，是故事、童話和詩歌。這些美好的兒童文學作品，對成長中的孩子具有多方面的意義。那就是：文化傳承、語言學習、知識灌輸、品德培養。對父母和老師來說，這些讀物就像營養食品，而且都是最好的。

那個時候，父母的肩膀就像一座堅固的房屋，把風雨雷電擋在屋外。他們一心養育自己的第二代，對待孩子的態度是溫柔的。他們會挑選風和日麗的天氣，讓孩子看看窗外大自然的美麗。他們把自己的愛給了孩子，讓孩子知道人間有愛。他們不但希望孩子心中有夢，還幫孩子築夢，因為他們期待自己的孩子不但身心健康，而且還要懷著理想，將來能把世界變得更美好。

孩子漸漸長大，十歲以後，走出堅固房屋的機會漸漸增多。起初有大人的陪伴，慢慢的就得全靠自己去面對。這時候，他們最好的文學讀物就輪到「少兒小說」。少兒小說展現的，是一個屋外的世界。這世界有風有雨。這風雨卻要靠孩子自己去承擔。承擔要有力量，力量來自於幼小時候父母為他培育的善良和理想。

《打架天后莉莉》和《飛行刺蝟》這兩本書，帶領孩子進入一個「有風有雨的屋外世界」，那是一個「不希望有，卻偏偏存在」的世界。例如父親的失業和消沉，例如校園裡的霸凌事件。小說中的主角，都是跟成長中的孩子同齡的少年。這兩本書帶領我們的少年讀者去親近「在風雨中的孩子」，而且看到他們怎樣走出風雨。對成長中的少年讀者來說，我形容這兩本書就像是一位熱心冷靜的顧問。對少年讀者的父母和老師來說，也一樣是。

推薦文二

當小孩「轉」大人，以更寬廣的視野面對生命

◎國立清華大學教育與學習科技學系講座教授　柯華葳

當小孩「轉」大人，進入青春期，不只身體上發生變化，心智上也「轉」複雜。最明顯的就是他們不再以一個角度看事情。

小時候爸媽說的算，小孩最多只會說「不要」。但長大後，青少年則以各種角度來表達「要」與「不要」，以及之間的模稜兩可。例如當家中有人過世，不再只是因為見不到親愛的家人而傷心，也會開始思考為什麼有死亡？死亡是什麼意思？因著這些不同的想法，他們有時候看起來很憂傷，有時候卻又看起來滿不在乎。也因著角度的多元，青少年開始產生不同於主流社會標準的價值判斷。

除了思考角度的多元之外，成人在青少年心中也不再是英雄。《飛行刺蝟》裡

中年失業的父親就是一例。透過青少年的眼睛，我們看到一個對自己失去信心的父親。由外在的不修邊幅到自我否定，這個父親不再像過去那般英勇強壯，而是個「被擊倒」、「生病想不起事情的老先生」。進入青春期的孩子開始體認到：沒有人是擊不倒的。而這，就是成長。

不過，青少年的心智雖然變得更為複雜，但視野卻不一定夠寬廣，並且常常自以為義。《打架天后莉莉》即生動的描述了孩子在這個階段所面臨的問題。故事中的莉莉原來只會以打架來解決問題，但靠著成人耐心的引導，她逐漸學會以非暴力的方式來表達意見、伸張正義。

《打架天后莉莉》和《飛行刺蝟》這兩本書的文字都深具感染力，細膩寫出自暴自棄父親的轉變、冷靜闡述校園霸凌的問題，再再表達青少年面對生命、人際多向度的思維與細膩，並幫助這些「轉」大人的孩子，以更寬廣的視野面對生命。讓我們一同細細品嘗。

推薦文三

用故事撫慰孩子的心

◎羅東高中主任輔導教師　胡敏華

在我的教學經驗裡，校園中常被提到的友善和尊重真的很難「教」。尤其是像《打架天后莉莉》的主角莉莉或珀托夫斯基這樣的孩子。他們在學校打遍天下無敵手，習慣用拳頭以暴制暴，強悍對抗所有的人。但是書中的媽媽並沒有責罰莉莉，而是以溝通的方式來理解她；外公則用自己的生命故事教導莉莉：「人必須為了某些理由而奮戰，而不是藉著打鬥來證明自己有理。」莉莉終於理解政治不是打架，團結與接納比暴力更能解決問題，而關懷與助人比拳頭更有力量。

《打架天后莉莉》提醒了所有的大人：溝通與理解孩子的心情有多重要，因為溫柔堅定的話語，往往比起怒罵責打更能教會孩子柔軟與同理心。

柔軟與同理心同時也是孩子成長的重要養分。尤其在面對重大挫折苦難時，這樣的特質會幫助孩子勇敢面對問題。在《飛行刺蝟》的故事中，珍妮用愛幫助爸爸看見自己的好手藝，讓失去工作的爸爸重拾信心。雖然大人常用生活的現實麻醉自己，但我們還是需要這樣的故事來撫慰孩子的心，幫助他們面對生命中的各種重要課題。

打架天后莉莉

文｜哈雪．蔻杭布莉
圖｜茱莉亞．渥特斯
譯｜賈翊君

責任編輯｜張文婷、楊琇珊
特約編輯｜許嘉諾
美術設計｜陳彥伶
行銷企劃｜葉怡伶

發行人｜殷允芃
創辦人兼執行長｜何琦瑜
副總經理｜林彥傑
總監｜林欣靜
版權專員｜何晨瑋、黃微真

出版者｜親子天下股份有限公司
地址｜台北市 104 建國北路一段 96 號 4 樓
電話｜（02）2509-2800　傳真｜（02）2509-2462
網址｜ www.parenting.com.tw
讀者服務專線｜（02）2662-0332　週一～週五：09:00~17:30
讀者服務傳真｜（02）2662-6048
客服信箱｜ bill@cw.com.tw
法律顧問｜台英國際商務法律事務所 ・ 羅明通律師
製版印刷｜中原造像股份有限公司
總經銷｜大和圖書有限公司　電話：（02）8990-2588

出版日期｜ 2010 年 4 月第一版第一次印行
2021 年 3 月第二版第四次印行
定　價｜ 260 元
書　號｜ BKKCJ049P
I S B N ｜ 978-957-9095-62-4（平裝）

訂購服務
親子天下 Shopping ｜ shopping.parenting.com.tw
海外 ・ 大量訂購｜ parenting@cw.com.tw
書香花園｜台北市建國北路二段 6 巷 11 號　電話（02）2506-1635
劃撥帳號｜ 50331356 親子天下股份有限公司

國家圖書館出版品預行編目資料

打架天后莉莉 / 哈雪.蔻杭布莉（Rachel Corenblit）文；茱莉亞.渥特斯（Julia Wauters）圖；賈翊君譯. -- 第二版. -- 臺北市：親子天下, 2018.06
128面；17x21公分. --（樂讀456系列；49）
譯自：Lili la bagarre
ISBN 978-957-9095-62-4（平裝）

876.59　　107004551

Lila la bagarre
written by Rachel Corenblit &
illustrated by Julia Wauters